UM LADRÃO ENTRE AS ÁRVORES

BASEADO NA SÉRIE *UMA CHAMA ENTRE AS CINZAS*, DE
SABAA TAHIR

UM LADR

AS ÁR

ÃO ENTRE
VORES

HISTÓRIA
SABAA TAHIR

ROTEIRO
NICOLE ANDELFINGER

ARTE E CAPA
SONIA LIAO

TRADUÇÃO
JORGE RITTER

CORES
KIERAN QUIGLEY

LETTERING
MIKE FIORENTINO

1ª edição
Rio de Janeiro-RJ / São Paulo-SP, 2022

VERUS
EDITORA

CIP-BRASIL. CATALOGAÇÃO NA PUBLICAÇÃO
SINDICATO NACIONAL DOS EDITORES DE LIVROS, RJ

T136L

    Tahir, Sabaa
        Um ladrão entre as árvores / Sabaa Tahir ; roteiro Nicole Andelfinger ; arte e capa Sonia Liao ; cores Kieran Quigley ; lettering Mike Fiorentino ; [tradução Jorge Ritter]. - 1. ed. - Rio de Janeiro : Verus, 2022.

        Tradução de: A thief among the trees
        "Baseado na série: Uma chama entre cinzas"
        ISBN 978-65-5924-116-3

        1. Ficção americana. 2. Histórias em quadrinhos. I. Andelfinger, Nicole. II. Liao, Sonia. III. Quigley, Kieran. IV. Fiorentino, Mike. V. Ritter, Jorge. VI. Título.

22-79166
                                          CDD: 741.5
                                          CDU: 741.5

Meri Gleice Rodrigues de Souza - Bibliotecária - CRB-7/6439

COPIDESQUE
ANA PAULA GOMES

ADAPTAÇÃO DE CAPA E MIOLO
RENATA VIDAL

Título original
A Thief among the Trees

ISBN
978-65-5924-116-3

Tradução © Verus Editora, 2022.
Direitos reservados em língua portuguesa, no Brasil, por Verus Editora. Nenhuma parte desta obra pode ser reproduzida ou transmitida por qualquer forma e/ou quaisquer meios (eletrônico ou mecânico, incluindo fotocópia e gravação) ou arquivada em qualquer sistema ou banco de dados sem permissão escrita da editora.

Verus Editora Ltda.
Rua Argentina, 171, São Cristóvão,
Rio de Janeiro/RJ, 20921-380
www.veruseditora.com.br

Revisado conforme o novo acordo ortográfico.

Seja um leitor preferencial Record.
Cadastre-se no site www.record.com.br
e receba informações sobre nossos
lançamentos e nossas promoções.

Atendimento e venda direta ao leitor:
sac@record.com.br

Uma Chama entre as Cinzas é ™ & © 2020, Sabaa Tahir. Archaia™ e o logotipo Archaia são marcas da Boom Entertainment, Inc., registradas em vários países e categorias. Todos os personagens, eventos e instituições aqui descritos são fictícios. Qualquer semelhança entre qualquer um dos nomes, personagens vivos ou mortos, eventos e/ou instituições nesta publicação e nomes, personagens e pessoas, vivas ou mortas, eventos e/ou instituições reais não é intencional e é mera coincidência.

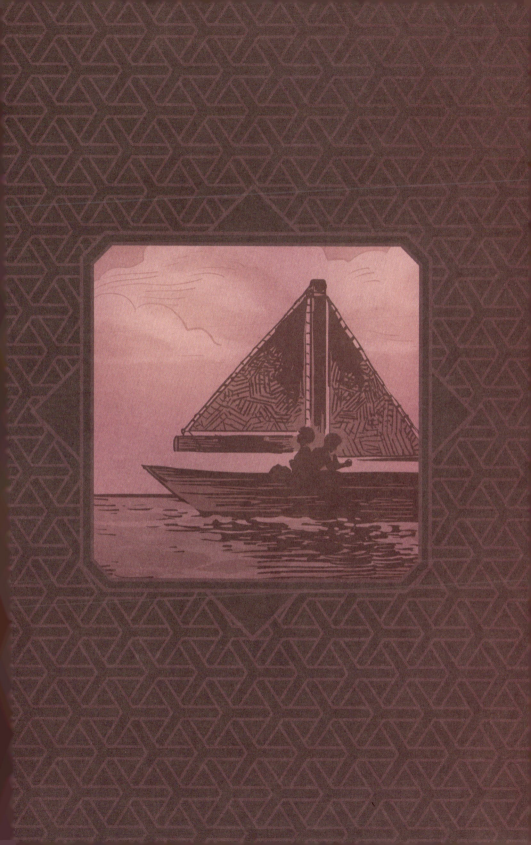

Não... Era para estar aqui...

Esperem...

Previsível.

Senta, vira-lata, ou...

Você devia ter acabado com ele.

Não vale a pena.

AROOOOOOOOOO!

AIIIIIIEEEEEEEEEEEEEEEeeeee

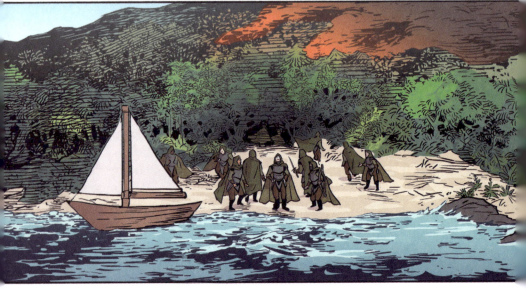

Ele passou seus últimos momentos salvando vidas... E me pediu para devolver isso a você.

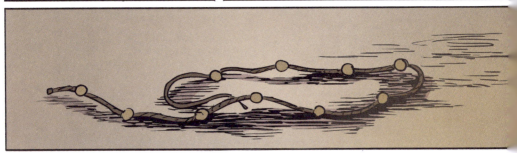

SOBRE AS CRIADORAS

Sabaa Tahir é autora da série best-seller *Uma Chama entre as Cinzas*. Ela foi criada no deserto de Mojave, na Califórnia, no motel de sua família. Ali, passava o tempo devorando livros de fantasia, assaltando a pilha de histórias em quadrinhos de seu irmão e tocando guitarra — mal. Ela começou a escrever livros enquanto virava a noite trabalhando como editora de jornal. Gosta de indie rock ruidoso, meias extravagantes e tudo o que é nerd. Esta é a primeira colaboração de Sabaa Tahir em um romance gráfico.

Nicole Andelfinger é autora de histórias em quadrinhos e já escreveu para séries como *O cristal encantado: a era da resistência*, *Hora de aventura*, *Apenas um show*, *Rugrats* e *Steven Universo*, assim como para a série *Munchkin*, baseada no popular jogo de cartas.

Sonia Liao é uma artista de história em quadrinhos estabelecida em Westford, Massachusetts. Após se formar em ilustração pelo Maryland Institute College of Art, ela completou um período de estágio na Fablevision e começou sua carreira como artista freelancer. Já realizou trabalhos para editoras como BOOM! Studios, Sourcebook Fire, Red 5 Comics e Global Tinker.

CONTINUE LENDO SOBRE A JORNADA
DE ELIAS E HELENE EM BLACKCLIFF COM A SÉRIE

UMA CHAMA ENTRE AS CINZAS

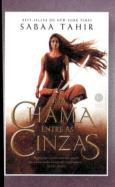

"PERFEITO PARA FÃS DA SÉRIE *TRONO DE VIDRO*, DE SARAH J. MAAS."
— *Teen Vogue*

"DESDE *JOGOS VORAZES* UMA SÉRIE JUVENIL NÃO PRENDIA MINHA
ATENÇÃO TÃO COMPLETAMENTE."
— John Green